尘土之上

● 代敦点 著

新疆生产建设兵团出版社

图书在版编目(CIP)数据

尘土之上/代敦点著. -- 五家渠：新疆生产建设兵团出版社，2020.8（2024.4重印）
（绿洲文库）
ISBN 978-7-5574-1411-5

Ⅰ.①尘… Ⅱ.①代… Ⅲ.①诗集—中国—当代 Ⅳ.①I227

中国版本图书馆CIP数据核字（2020）第125541号

尘土之上

出版发行	新疆生产建设兵团出版社
地　　址	新疆五家渠市迎宾路619号
邮　　编	831300
电　　话	0994—5677185
发　　行	0994—5677116
传　　真	0994—5677519
印　　刷	永清县晔盛亚胶印有限公司
开　　本	32开
印　　张	8.5
字　　数	100千字
版　　次	2020年8月第1版
印　　次	2024年4月第3次印刷
书　　号	ISBN 978-7-5574-1411-5
定　　价	38.80元

目　录

第一辑　大地为纸

003　门
004　沙上书
005　塔里木的夜
006　致塔克拉玛干沙漠
007　天山之上
008　天山大雪
010　秋夜胡杨
011　穿行于秋日的林间
013　塔里木日出
014　一把沙子
016　我的戈壁瞬间
017　龟兹姑娘
019　塔里木河
021　黑夜与塔克拉玛干
022　月　亮
023　春天，在高处

025	数星星
026	两棵树
027	你好,可克达拉
029	久久地拥抱一棵树
030	一只爬虫
032	忧郁的玫瑰
033	影与梦
034	秋日小令
035	在西域想起老子
036	新的一天,向日葵——致文森特·梵高
037	2019年的酒
039	天在上
040	云游天上
041	初一黎明归家
042	致荒草中那株寂寞的苦菊
043	黄昏云起
044	5点32分的鸟
045	在温宿
047	夜过西宁读昌耀
049	在拉萨的街头想起母亲
050	去新和看通巴西古城
052	漫步于积雪的原野
054	启浪小镇
056	三十六瓣棉花
057	一个穷人的沙漠
059	三月,想起海子

061	沙雅　沙雅
062	一片树叶
063	雪
064	在湖南,有所感
065	书城杂想
066	在乌鲁木齐的大街上随波逐流
068	广场上
070	在永宁镇
071	鸢尾花

第二辑　尘土之上

075	果园里的母亲
077	妈　妈
078	过年的纸钱
079	小白羊
081	好运农庄
082	你自由了——给一位逝去了的朋友
083	致写诗的姐妹兄弟
085	2010年岁末,献给史铁生
087	车祸,使一个男人瞬间碎裂
088	一个人离世
089	致兄弟
090	纯净的眼睛
091	秋天的事情在逐日荒凉
093	歌　手

094　给一位幸运的苦女子——致诗姐梅子
096　他们,我们
098　他们对我说了谎——仿耶胡达·阿米亥
100　记下他
103　军棋游戏
104　看　见
105　吃了一群羊
107　中年的脸
108　零或圆
109　诗人兄弟
112　夜半,在医院
114　绝句妙语
115　都走了
116　就像一个梦
117　诗人张豫森
118　在城里干活的表弟
120　想起一个男人叫千秋
122　祈祷书
123　蝴　蝶
124　寒夜见菊
125　观世音
126　此心微甜

第三辑　默立风中

129　在人间

130	风吹我
132	街市
133	永远
134	世上那些高贵的事物
135	来人世
136	醉了
137	小路漫步
139	悄悄的香
141	哀歌(组诗)——给女儿
148	黄昏来临
149	那么多,那么多
150	夜雪
151	失眠了
152	黄昏归家
154	白雪歌
154	雾中
156	夜半醒来,他看见
158	无人怜惜
160	供词
161	归来
162	比梦还远
164	一声叹息
165	夜歌
167	黄昏经过家族墓地
169	夜读但丁《神曲》
170	失眠时想起两人

171　步出暗夜——致海棠树
172　奔赴黎明

第四辑　岁月鸟羽

175　我写作
177　写作与虚构的时光之书
178　回　家
179　致我的诗神
180　给书神
181　醒　来
182　平安书
183　小小我之歌
185　草间问答
187　抽屉里有一把明亮的刀子
189　这就是故乡
191　欢祈歌行
192　趁我在
193　我的幻影，我的兄弟
195　奶　奶
197　每一天，都是最后的一天
198　休息日，窗下随记
199　意义或无意义
200　每一天
201　多么美
202　夜半无眠时，想念窗外的圆月

203	下午的阳光
205	2019年,春日记事
207	空烟盒
208	来到人生的中年
209	在这广阔的世界上
210	我将用灵魂去爱
211	秋日醉
213	流　水
214	啼唤的羔羊
215	时光很多
216	沉默是山
217	觉与迷,给世界写封信
218	你读诗吧
219	你们这怯懦的一群
220	你问我是谁
221	每天,每天
222	在高处
223	红　河
225	我和你
226	我来了
228	我是个朝三暮四的家伙
230	相　信
231	老　去
233	午马年正月晨起望天
234	午夜发呆——写给自己
236	醒来找梦

237　元素之歌
238　信
239　醉　后
240　这时间
241　这一个,另一个
242　中秋月
243　有只鸟
244　碎句与短章,我的歌
248　慈悲的恩典
249　九行歌

第一辑 大地为纸

门

开门,关门
檀木的门
杨木的门
散发着树的新香

出生,入死
古代的人
现代的人
未来的人
进进出出欲望的门

开门,关门
朱色的门
白色的门
黑色的门
吱吱作响空空的门

沙上书

我从塔克拉玛干沙漠经过
在一处沙丘上歇坐
沙丘上又多了沙粒一颗
众星如沙,独捧一月
脚下的星球不过是沙丘一座
顺手在沙上写下
天
地
人
我
就转身走了

过不了多久
风之手就会把它们平平擦过

塔里木的夜

这浩大的夜
幽远得深不见顶
那夜色有着炭精一样的黑
和着星光的微茫
这夜汁的黑香水
浓烈神秘

我曾在那夜里长长地行走
像个迷路的孩子
久久地仰望高处
直到泪水一阵阵地溢出
我知道是那群星没入了眼底

致塔克拉玛干沙漠

嘘——
别吱声
喋喋不休的人类
请安静
嘘——蜥蜴
嘘——骆驼刺
嘘——风滚草
嘘——白嘴鸦
请像沙子石头一样闭紧嘴巴

这是另一座城市
另一片乐土
荒寂是它的臣民
灰烬是它的君王
奔突的地火是它深深地歌唱

（注：塔克拉玛干沙漠，被称为死亡之海，其下有丰富的油气资源。）

天山之上

显然,飞机是高悬的云朵
带我超离人间烟火
上天做了回神仙
只是天空太空太遥远
身边那些白至虚无的云
我一片也捞不着
看来这里一点也不好玩

回头看我居住的地方
仿佛在昨天的梦里边
连平日里仰望的天山
渺小得就像一块奶油蛋糕
上面雪峰闪闪
犹如把小蜡烛点燃

不行,这里太高太无聊
还是下去为好
我还要给我的孩子过个生日
看他噘起小嘴把蛋糕上的蜡烛吹熄。

天山大雪

是什么样赞美的翎羽
是什么样善良的旗帜
是什么样日月交汇的精魂
是什么样纯粹的童真
才铸就如此一场痛快的雪落

这可雕塑、可丹青、可诵读、可歌咏的大雪
落在天山之上，落在天山之下
落在穆天子西行之地
落在西王母沐浴之池
落在汉都尉屯田之土
落在卫将军策马的西域
落在你的头顶
落在我的脚下
落在此时此处
我和98棵天山雪松
相邻的高度

这是幸福的一刻
这是安详的一刻
我登临天山南麓
极目白银一样耀眼的山川
置身天堂一样的圣境
我双手合十
与98棵雪树为伍
站成99支秉天的巨烛
为这美玉般的家国
献上我含泪的久久祈福
一时间,竟忘记了归路

秋夜胡杨

秋夜的圆月饱满银亮
照着我,也照在一棵胡杨树上
我看见醉红的胡杨闪着粼粼金光
就像一只神奇的鹏鸟
延展着巨翅
就要飞天起航

胡杨辉煌
我竟黯然感伤
想着自己苍白的人生活得混浊匆忙
心头一凉
不禁落了一层寒霜

穿行于秋日的林间

踏着落叶
穿行于秋日林间
风把成群的落叶追赶
卷起一堆一团
又瞬间倏忽吹散

它们跑得多欢
轰轰烈烈的秋天

腐朽的就要腐朽
死亡的就要死亡
秋要吹灭,冬要收藏
又一年的好时光
就要盛装退场

只是,我请求
秋风的刀斧手
请慢些,请慢一些
你看这明净的秋阳
已为树木披上了一层圣洁的辉光

塔里木日出

黎明燃烧
落日归来
掉进火焰之海

一粒尘埃
迎风飞驰
撞向你时
你已孤绝成辉

  （注：晨起，架车奔向塔里木，日出如荒野尽头燃起一块烧红的石头。）

一把沙子

一粒赤红,一粒金黄
一粒莹白,一粒粗黑
一粒、一粒,又一粒
这一把沙子
安静地卧于我的掌中
我没有足够的耐心
来细数这隐秘的一群

一把沙子是一座无声的世界
是一朵时光故乡里沉落的白云
是一队征战岁月的士兵
被我在一座沙漠的边缘
偶然抓起
带入城市
撒向街头的人群

黑头发的少女
哪一粒潜入了你的发丛
一粒一粒又一粒
我看见这一队飘舞的士兵
欢呼着冲入人群

我的戈壁瞬间

夏日正午,头顶
太阳的古镜使我头晕目眩
再上面是一万里苍蓝的长天
脚下,枯褐色的戈壁也有一万里的遥远
我
一片草叶
来自于人类疯长的草原
成为这古镜中的焦点
一块顽石滚过脚尖
提醒我
我与周围的太阳、长天、戈壁、石头
都是一种真理的显现
都是一个瞬间的绝妙惊叹

龟兹姑娘

你的眉毛弯弯
你的睫毛长长
弯弯的眉毛是一对飞越天山的大雁
长长的睫毛下是两汪铁热克温泉

你的双脚款款
你的十指纤纤
款款的双脚踩着梦幻
纤纤的素手拨动着心弦

你的腰肢软软
你的话儿甜甜
软软的藤蔓把谁绕缠
甜甜的话儿可是用沙枣蜜来搅拌

姑娘呵姑娘
龟兹姑娘
在巴依的城里把你遇见

我疑心你是那个
偷越时间的栅栏
从克孜尔岩壁上逃下的飞天神女

你莫非也和我一样
沉湎于人世的繁华
不能自拔
甘愿放逐在这西域的乐园

（注：飞天是一种艺术表现形式，没有具体人物指向。）

塔里木河

在八月的黄昏我看到了你
太阳在你的西方沉落
那焦渴的巨灵莫不是在畅饮吗
塔里木河,混浊的河
峰顶上垂落的河
塔里木河,深沉的河
雪水里长大的河
你的滋味苦涩么
我看见你宽阔的胸膛上霞光闪烁

塔里木河,繁衍的河
生殖的河,创造的河
推开了戈壁和沙洲一路走过
长途上点亮了一蓬蓬的绿色
你的沙枣林,你的红柳棵
你的胡杨部落
你的稻子田,你的棉花地
你枝头上的红苹果

塔里木河,从容的河
你不管前方是大海还是沙漠
塔里木河,雄性的河
就是奔向墓地也唱着欢乐的歌

黑夜与塔克拉玛干

我的皮囊里有一个流浪的宇宙
我的泪流中有一片咸涩的海洋
一万颗小星是一万扇辉光的窄门
塔克拉玛干,都说你是死亡之海
固执的人用泪水浇灌
他知道,你的脚下埋藏着玫瑰香园

月亮

你从我的窗前经过
看着我,愚蠢地过活
掉进自己的河
嚼着命运的黑馍

我已迟到
朝日已过
才开始找寻

暗夜里的神
我认出了你
你站在云层之上
引领我
穿越迷云

春天,在高处

漫游于春天的乡野
眼前有一块荒芜的岗地
高高低低的白杨树下是一片散乱的墓区
大大小小的土堆下隐忍着同类的气息
木质、石头的墓碑上
刻满了陌生的名字
王不孬、陈大好、胡美丽、李小菊
长寿的活了一个世纪
短命的只有几个周期春秋

他们的碑文里都统一记录着
生于某年某月某日
卒于某年某月某日
生死之间都有一条直线连起
(比如:陈大好1907.3—2008.5)
陌生的人,熟悉的人
和我一样有着血肉的你
住在两点之间我的性命亲戚

世界随意用一根线就拴住了我们的轨迹
我们的空间,我们的时间
怎样才能自由来去

白杨初绿
墓堆上的嫩草挨挨挤挤
一群麻雀在那儿
跳呀叫呀,可劲儿地热闹
傻鸟们不像我,抑郁不乐
它们从不知这世上还有生死二字
但它们也懂得这季节赐予
小小性命的欢愉

数星星

一颗星星是夹在眼中的泪滴
两颗星星是一双稚嫩的儿女
三颗星星是枕边的爱妻
四颗五颗星星是老迈的父母
六颗七颗星星是左右的兄弟姐妹
八颗九颗星星是远逝的爷奶祖宗
十颗十一颗星星是全村的男女老幼

就这样数呀数
一直地数下去
数出了家园、地域、国度
数出了山川、广漠、大海
数出了动物、植物、万物
直到在星星的群落里迷失
才发现
每颗星星都是你流浪的码头
那里闪耀着人类古老的乡愁

两棵树

枯黑色的戈壁
砾石嶙嶙的戈壁
仿佛从另一个星球
扔下的废墟
望不到头的戈壁
好像有十万里

独独有两棵树
两枚楔进视觉中心的绿钉子
仅仅有两棵树
一切就不一样了

两棵树,它们是对手
是仇敌
还是兄弟,是夫妻
也许什么都不是
它们是生命之上的东西

你好，可克达拉

夜幕下，你的星空低垂，原野四合
科古尔琴山上的新月
像燃烧的白银子
伊犁河谷的风轻轻吹送
薰衣草香紫色弥漫
那拉提草原上
一只雏鹰绕着帐篷的穹顶滑行
它那青春寂寞的唳鸣引得草尖颤动
背手牵马的老牧人长须飘飘
低低的咳嗽声，惊飞了两只偷情的夜莺
随即，帐篷里亮起了灯
光影里传来了少女曼妙的歌声

呵，这一切看起来如梦
而她就是梦
在梦中醒来时已是黎明
不过，我还记得梦中的情景
记得那里有个美丽的名字——可克达拉

你好,可克达拉
昨夜,我已在梦中来过
今天,我要背起行囊
向你再出发
我要在你的草原上寻找那个唱歌的姑娘
和她一起牧放白云的羔羊
再与她养育一群古丽巴郎
任她那秀发的鞭子日夜把我抽打

你好,可克达拉
你是我的诗和远方
你是我梦想的天堂
还是我爱情开花的牧场
可克达拉
虽然人在途中
心魂的灯盏早已到达

久久地拥抱一棵树

月亮映出我的影子
倾听星星们的低语
和小草们的歌哭
"我从哪里来的,要到那里去"
放弃这个常常缠绕我的问题
久久地拥抱一棵树
一架通向天庭的绿梯

我不知道,身在那里
只是,我的心呀
已逃离了这逐日老迈的躯体
来到了云朵的高处
俯看我
看我和这个世界的戏

一只爬虫

2013年4月2日的夜
准确地说那是4月3日的凌晨
我喝多了
扒到院子里呕吐
借着手电筒的光
看到了一只肥大的虫子
在脚下尘埃里爬行
看到它那灰头土脸笨拙的样子
我笑了
哈哈,渺小的爬虫
伟大的爬虫
在生活的迷雾里咱们好有一比
你是在寻找食物、爱情
或者某种不确定的东西
还是我在追逐命运
抑或被一种命定的东西追逐

亲爱的虫子
你是否也像我一样
把这狭窄的命运诅咒。

　（注:2013年4月2日的夜,凭着酒力,诗神来临,断断续续记下以上这些文字。）

忧郁的玫瑰

当照亮我的镜子破碎
我就要走了
双脚已在通往黑暗之塔的路途
世界,你送给我的
都还给你
我的名姓
我的衣冠
我脚趾里的一星尘垢

我就要走了
都还给你
连一根针都不会带走
低下头来
吐出那个忧郁的词
连同胸中那朵垂老的玫瑰

影与梦

当我的影子破碎
破碎成点点颗粒
散落在地
月光呵,是你用轻轻的叹息把他捡起
把他交给风儿吧
交给雨滴
交给这条躺满了落花的小溪

喂,花瓣的小船儿
梦的小妹妹
要把他运往哪里

秋日小令

银河静远
秋阳灿烂
热烈的金菊带着哀怨的疲倦
两只斑头老雁
栖落在故乡的山巅

戈壁荒原上
长臂风车旋转
缓缓张开了
秋风的利剪

秋天,秋天
枯叶密集在大地的伤口上低语
花园的树上,群星黯然

在西域想起老子

今晚,平庸的日子里
诗歌响起
在这长长的夜晚
我想到在这满大街哞哞鸣叫的车屁股上的一句话:
"是什么样牛逼的肖邦
才能撞出老子的悲伤"

是的,老子是那个叫李耳的河南人
他在时光的千年以前
骑青牛,出函谷关
他逾越人的栅栏
他的悲伤
一直在中原人的血脉里流淌

今晚,老子,我亲爱的同乡
我在你的西出之西
我的悲伤撞上你同样的悲伤
那是什么样的欢悦和悲伤

新的一天,向日葵
——致文森特·梵高

目光灼热的向日葵,看着我
犹如我前世的兄长看着我
这位兄长居住在荷兰
文森特·梵高是他人间的名
他以鲜血做颜料
画下的向日葵
像一颗孤独的星
燃烧在人类时空

向日葵,我的精神画像
白天,朝向太阳
夜晚,迎着月亮
在没有月亮,没有太阳的时刻
灵魂兄长
引领我,向着心灵的深渊
生出翅膀

2019年的酒

夏日的阳光如雪
映亮你举杯的手
三杯酒落肚
我的维吾尔兄弟塔里木
弹起蓝色的冬不拉
跳起火一样的黑走马

你开始对风说话
对树说话
对空气说话
兄弟,你的孤独是塔里木的孤独
是塔克拉玛干沙漠的孤独
是无边无际戈壁滩上的孤独
是一个人与人群的孤独

你饮尽孤独
开始大笑,开始号啕
你欢悲的水,喜悦的泪

潜入燃烧的杯底
你骑上酒精的马
把星空抵达

兄弟
当你醒来
当你从云端跌入尘土
便已沉醉于万家灯火的街市
就这样,深深地深深地沦陷
不能自拔
在这广阔的人间
你的诗,你的爱
是你灵魂的宣言

天在上

"善恶之上,是蓝蓝的天空"

在这无限的澄蓝中
我看到了多种力量:广博、纯粹、沉静、生机和永远
以及那慈悲的恩典

我还相信灵魂存在
它就在我们的头顶,在天上

云游天上

天上，游来荡去就那几朵云
地上，过去往来就这几种人

今天，这个叫凌空之云的神
美得有点甜
甜得就像世上某个人的心
他的甜不多不少
那是由爱与悲悯所凝炼

初一黎明归家

大灯明亮的越野车像把锋利的长剑
一路嘶吼着刺破夜的深重
穿过你365个幽暗
前方山巅
那早已等待的朝阳
将代表辉光与澄澈发言

每一天,都如此新鲜
谁说人生孤单
这早出晚升的日月
就是我双亲的环抱

致荒草中那株寂寞的苦菊

当我穿越泥土的长途
当我归来
当我栖身在此
我亦不知我是谁
当我高擎出这株血红的花炬
试图照亮沉默的往事
你还记得我么
在黑夜之前
我爱过的女子

你可知道
我就是那个谁
那个谁都遗忘了的谁

黄昏云起

低垂两眼
埋头在黄昏的小路上行走
——同蚂蚁、青草、蛐蛐、野花相遇
没有人能像我一样
轻唤起它们的名字
亦如恋人间的私语
暗放出那软软的轻雾
自谱一节云上的乐曲

我喜欢这多情的时刻
它能使沉重的肉身飘浮起来
或许
在我的心里
还隐匿着一位年轻的佛

5点32分的鸟

突然
一树的雀鸣把阳光吵亮
瞬间的醒
使一个人向头顶张望
他迎着那团流下来的光
他看见蹲在楼顶的太阳
像一只吃饱的老羊
疲惫,安详
倾倒出一地银碎的光

这个走在路上的人
只轻轻地叹息一声
那些有翅膀的和没翅膀的
就匆匆逃亡

这时,他看了看手机上的时间
2008年的9月21日下午的5点32分
这一刻,不管是在西部的新疆
还是在河南的故乡
转瞬间已成过往

在温宿

绵延的南天山上
住着15座雪峰
山下有一座安详的小城
15座雪峰,15位高高的神灵
神灵环抱下的小城
犹如一朵绽放的雪莲寂静无声

我觅着姑墨国的前生
踩着取经人的旧尘
来到这里
我追寻
我像一阵风一样漂游过全城
在一潭山泉雪水里沐浴
在小城中心广场上小寐
是鸽子的咕咕声将我唤醒
睡眼惺忪下
我看见,清澈的蓝天上
星辰隐隐

燃燃的花丛中人们轻闲漫步
我突然觉得
在众神的怀抱里
小城就像尘世中一个巨大的梦

夜过西宁读昌耀

列车带动着时空在暗夜中奔驰
列车正穿越西宁市区
正穿越你的书房
穿越你的诗行
穿越你的墓旁
我坐在抖动的车厢内读你
你的诗魂使我如此的激昂和忧伤
我们都是些有形的个体
都逃不脱死亡的杀伐和俘虏
如果上天愿意
如果你愿意
请给你，我年轻的躯体

车轮下的大丽花
永怀地火的苦行者
使你挥动起诗歌的鞭子
让春雷在黑暗的谷底炸响

你这颗震进光轮之中的金钉
你这座搏动不朽的巨钟

而此时
你一定在大地之上
在星云之上
在太阳的光辉里
在雪山的白头里
在时空的脊背上
"划呀,划呀,父亲们"
你把永恒的战鼓擂响
就转身退场
使我辈禁不住黯然神伤

在拉萨的街头想起母亲

是你从天梯把他接起
何以从怀抱抛掷泥地
妈,你就不管了
咱家自留地里的麦子熟了
妈,你躺在幸福的金波里
而今夜你遗忘在世上的孩子
独在拉萨
他失去了人类的信任
他花尽了最后一枚硬币
坐在空想的屋内
望着路灯下跌落的雨脚
望着那些冷缩的野菊
想起了家乡的新麦馒头
想起了泥土里母亲醒着的富足

去新和看通巴西古城

是不老的时间之王把你战胜
曾经怎样的繁华
怎样的文明
都哪里去了
如今,只余下这一堆尘土
又一堆尘土
噘着嘴凸起在灌木丛
当初那座威震八方的城
当初那些喧闹的人群
那些美酒和歌声
那些叹息和泪水
那些丝绸与玫瑰
那些黄金与威仪
都被埋在脚下这万丈的尘土中

岁月飞逝,万有皆空
就像刮了一场大风

现在,你被称作文物
被铁丝网围堵着
睡于四野的寂静
这就是九城之首的通巴西古城
唯有守城人种的葵花和高粱
长得如此的旺盛
唯有拥簇的红柳花
使这荒凉旷野显得无比的热烈生动

漫步于积雪的原野

你和我漫步于积雪的原野
看落日在云端织出彩色的霞衣
看暮色在雪上轻俏的印迹
你说,这洁白的雪地多么美
清冷的气息里有着醉人的诗意

背临着雾气混沌的城市
我想着夜读的阿列克谢耶维奇
那1986年4月26日的切尔诺贝利
想着11月13日的巴黎
那射向人群的子弹,一场残暴的雨
想着那冲向菜市场燃烧的汽车
那个买土豆的再也回不了家的老母亲

想着那飞机的残骸,手脚分离的肢体
以及那足以毁灭地球上百次的核武器
还有那一双双制造噩运的手

亲爱的,在生存的忧虑里
我早已遗忘了诗
更无法独自欢娱
怎能对人群与时代袖手不理
亲爱的,让我们轻踩
这白纸般脆薄的大地
无声地走

启浪小镇

一只黑羊惊叫
惊叫着穿过公路
追捕它的屠夫虚胖、笨拙
他叉开双臂,迈着母鸭般的步履
打馕的维吾尔小伙专心地烤制印花面饼
他那俯身仰起的动作
就像在敬奉食物之神
那个裤腿上沾满黄泥的老农
深目尖鼻
看上去就是一个十足的土著
说话却是满口的四川乡语
一头套在水泥柱上的毛驴
自寻乐趣,绕着柱子转圈
快意地做它的驴

这一切
都叫街边的柳树和我看见了
在小镇的午时

一些事情正在发生,一些事情正在消失
小镇活在小镇里
柳树活在柳树里
我活在我里

只是,我这个过客
稍作休息
就要登程远去

三十六瓣棉花

拨开芦苇
在荒草的围困里我发现了你
一棵枯瘦成柴的植物
提着九朵棉花的白跳出来
九朵棉——三十六瓣棉花
炸开
在冷漠的冬风里
在遗忘的季节里

三十六瓣棉
用忧郁的白垂挂在塔里木的天空下
用坚持的白
挑战那一场淹没的大雪

三十六瓣白
三十六盏灯
对语头顶那高高的星空

（注：那年，我三十六岁了。在塔里木冬天的草丛中，有一棵棉花。我数了数，它有三十六瓣。）

一个穷人的沙漠

白亮亮的太阳撑在头上
眯着小眼极力张望
大地上一片辉煌
明晃晃的沙粒金子一样
莫非这地下埋着宝藏
在这里,热闹散场
显得有些空荡
有活力的只有沙丘上的几根梭梭
秃子头上的稀毛一样
小风里摇晃

如果是金子
生活即刻就会变了模样
刨食的乌鸡就成了凤凰
拉磨的灰驴也架上了奔驰

怀揣着欲望沙窝里空逛
吃了半拉哈密瓜

抓起了两把黄沙
仰天躺在了沙堆上
睡了一觉又撒了一泡尿
抖了抖身上的沙
磕了磕鞋里的沙

"走吧,要发财的城里人"
你将回到你熟悉的城市
回到你生活的模具
回到钞票和人群中
开始那争执和拥挤
你将从头发里梳出一把沙子
只可惜它们不是金子

三月,想起海子

三月的长号吹响
三月的笛声悠长
山草青青
天光明亮
鲜花绽放
山海关的山坡上是一群啃草的牛羊

小胡子的兄长
你写下麦地、村庄
马匹、草原、河流、山岗
你写下一位站在篱笆旁歌唱的姑娘
小胡子的兄长
一脸坏笑的兄长
仰起头来
豹子的长鬃飘扬
一口饮下这杯人间的烈酒
圣火猎猎,天车轰响

小胡子的兄长
孤独的豹王
你踏上高高的山岗
就真实又干净地死亡
你把黑暗之上舞蹈的心脏叫月亮

沙雅　沙雅

你的城里都是树
汽车进了城
犹如进入了森林的迷宫
各种各样的树木
像头顶的星群一样在微风里颤动

你的城里都是水
街道边,院落里
甚至一呼一吸的缝隙中
我疑心来到了一座江南烟雨城

沙雅,沙雅
你的名字真好听
虽然一座大漠堵上了你的家门
可你就像一个怀抱绿色竖琴的西域女子
你温柔的琴弦
安抚了它那狂暴的心

一片树叶

秋日风当头
握住你的小香手
树下走
一片黄叶滑下
碰响了你细巧的臂
你说"拉紧我,莫丢手"
"人生是一个灰暗的词"
"犹如这孤叶飘落"

又一年秋季
我把遍地的落叶烧起
烟雾迷离
呛出我的眼泪鼻涕
泪眼模糊中把你寻觅
哪里还有你的踪迹

唉!在世上
我明明见过你
落叶飒飒,像暗语
也像回答

雪

雪
干净了世界
休歇了我们的罪过

我祈祷着
回到初雪时那个赤子。

（注：写于昨日阿克苏大雪，这个"我"是那昨日时间、记忆的经过，只有认清了它，才能更新与重生。）

在湖南，有所感

穿越戈壁荒原、河流山川
万里迢迢来看你
看你的湘水，看你的韶山
看你的层林翠园
看你诗人梦想的桃花源
看你黄石寨上那淡淡的雾岚
看那沱江边上洗衣的少女
（她那红雪莲似的嘴唇
黑葡萄一样的眼睛）
看那一滴琥珀般的雨珠
停在我的鼻尖

其实，我只是看见了我的泪水
看见了我的喜欢
看见了我内心的波澜
看见了我对尘世日益丰盈的爱恋

说什么这是新疆，那是湖南
只要有人类的地方
都是我的故乡家园

书城杂想

她抱着一摞摞砖块一样的书籍
往来于书架中
把它们码齐,摆正
像一个熟练的砌砖工
这个戴近视眼镜的女孩
她从不读书
她不知道莫言是作家的笔名
也不追究谁是张爱玲的老公
她只关心工资与奖金
她凭此来谋生

我,一个游手好闲的家伙
一个贪淫文字的君王
来到这里
听到了
一粒沙子落在沙漠上的微响
看到了
一只只小舟在茫茫大海中的颠荡
在人类思想的森林里
我目盲心慌,迷失了航向

在乌鲁木齐的大街上随波逐流

大街就像一道深陷峡谷中河流
两岸的高楼就像起伏的连山
笼养在格子楼中的家畜
纷纷在大河里云集

私家车、公交车、小货车、大货车、双层大巴车
一排排,一行行
一条条逐浪征战的船
我们一个个欲望的战士
成了铁笼里困守的鸡
成了网中拥挤的鱼
一群男女
背靠背,肩并肩,脸对脸
心跳呼吸,互通气息

市声滔滔,流水喧闹
陌生人,为什么你的眼中流淌着冷漠和厌恶
为什么,你就不能把我的肩膀倚靠
为什么,我就不能握紧你的手

唤你一声兄弟
难道这巨大的匆忙
把我们这些包藏在布匹里的人
——吞吃

广场上

我已抵达
火车站广场上的钟声
敲醒了午间的昏梦
张开眼
如同一个懒散的人打开店门
斜睨着客人
我看见,那个夹包的人
那个托着拉杆箱的人
那个背孩子的人
那个影子前倾边走边拨电话的人
以及那个年轻的警察
刮得青亮的下巴

他们匆促的身形茫然晃动
犹似驻扎在各自命中的一群盲者
寻觅发光的豆粒

此刻,白云垂挂
晴空蓝得出奇
在这样的好天气里
库尔勒火车站广场上的人
使人想起城外那些梨树
它们在阳光下静静地挂满果子
安详地沉寂

而你我的果子
却涨满了心事的汁液
已辨不出某种味道

在永宁镇

天蓝得似世界的最初
云白得像思念
黑眉毛的金光菊灿烂
紫玫色的千屈菜花是一个人的暗恋

抬头便看见了雪山的冠冕
这天山的头颅——托木尔峰
如一位远古的父亲

夕阳西下
大地霞彩一片
军垦广场上
当年的姑娘小伙
已是鹤发皱面

白头的托木尔峰
你那多情的凝眸
令流浪者瞬间
回到了家园

鸢尾花

就像来自于黑暗的荒野
来自于岁月的天际
来自于隔世寻找的辨识
两朵鸢尾花
他们是蓝色的
相逢于黎明的眼睛
在长久的分别里
认出了相同的自己

一阵风起
大地微微颤栗
鸢尾花伸出他们那紫玉杯盏
"亲爱的,干杯!"
我听见那叮当作响的碰杯声
是他们的耳语

第二辑 尘土之上

果园里的母亲

太阳刚刚起身
果园中露水浓重
母亲,枣树的影子遮住了你的影子
你那弯腰劳作的模样
多像一张弓
晨风撩乱了你的白发
这是你的弓弦在颤动

一棵树加上一棵树,再一棵
弟弟妹妹,哥哥姐姐加上我
母亲,你的孩子有那么多

当一场秋雨打过
果子从枝头纷纷逃脱
你的孩子们也四散在大地上的角落
母亲,我怎么看见
你的双眼那么混浊
你的脊背愈加弯驼

你疲倦的身躯
竟然,歪靠在一棵老枣树上睡着了
母亲
我怎么听到了你在梦中
又哼唱起我那首童年的歌

妈妈

迎着那个大肚子的孕妇
我想叫声妈妈

妈妈
我要奔向你
奔向你怀抱的蜜
奔向你腹底的湖
那里是我最初的城堡
最初的岛屿

妈妈
外面太强大
我要重新出发

过年的纸钱

大年三十的夜晚
在异乡的街头
焚烧纸钱
一堆给我逝去的亲人
一堆给这里的孤魂野鬼

亲人在那边牵挂我
我当祭拜
至于那些四处游荡的亡灵们
真是可怜
他们不像这个城市里的贫困户
还有好人送暖
我这点小钱
也想他们吃顿饱饭

新年要过,冬风渐软
祝愿他们也能早日回到家园

小白羊

妈——妈
妈——妈
它叫一声
我叫一声
我叫一声
它也叫一声
这只羊

这只小白羊
拴在树桩上
它那柔软的样子
它那清澈的样子
它那害羞的样子
像一位乡下的小姑娘

小白羊
主人已把刀子磨亮

草地上落满了你哀叫的波浪
小白羊
你用悲鸣
记住了人的模样

好运农庄

红女绿男们说笑围坐
白帽子的厨师手艺超群
一只羊羔嗓子喊哑
妈——妈——

在好运农庄
有一道菜叫点杀羊肉
吃的人多得不得了

"先生,你要清炖还是红烧……"

你自由了
——给一位逝去了的朋友

从繁乱的人世间走出
你退出了姓名
退出了位置
退出了笨重的身体
你从郊外火化炉的烟囱中逸出
退回到了我们这些人看不见的空
你在一棵树上蹲踞
伸个懒腰
抖一抖银亮的翅，你自由了

你可以自在地出入这座城市
你看到你曾经爱过的女子
她已在人间沦落
你听到了一位诗人的告知
"在风里稍息片刻，另一个女人将孕育你"
你已看穿了生活的秘密
你拒绝出生
在这个世纪

致写诗的姐妹兄弟

卖衣服的老郭,笔名黄叶
我写诗的兄弟
对我说

一个五六岁的女孩
背着个五六斤重的大书包
腰曲着,来买裤子

"你家大人呢"
"爸爸脚杆断了,妈妈要干活
我住校,裤子烂了
妈妈没时间,给了我钱"

我写诗的兄弟说
做了几年的买卖
心也变硬了
一条裤子赚了10块钱

又想叫住她
她那干草棍一样的小身体
在墙角一转就不见了

黄叶给我说时
他的眼睛湿了
我也悄悄地低下头
不敢看他的人,他的眼
我和他一样
雨在眼中下着

大男人的兄弟,会哭的兄弟
写诗的兄弟
你和我也不知读过多少人的诗集
我们那些写诗的姐妹兄弟
他们心中的潮水
他们眼中的雨水
肯定比我们多
如果让他们汇合
塔克拉玛干沙漠
你可退缩

2010年岁末,献给史铁生

当黑夜降临
当59只飘摇的烛火安息
一颗亮星升起
一个人脱去了
他那苦涩的肉体
到天堂与亲爱的母亲欢聚
汉语里不死的老哥哥
人群中的神
其实你早就明白
像人这种家畜
像人这样承重的立方体
倒塌是必然的道理
你把命运,装订成集
便悄然离去

你是这个干燥冬天的一场大雷雨
那痛伤浇淋我
连神也会死去

在这个岁末的最后一日
欢乐的人群不知
一个人醉邀
满天的星斗
独饮一大碗悲泣的酒

车祸，使一个男人瞬间碎裂

是一颗怦怦跳动的心
是两片热呼呼的唇
是一副三十载的夏与春
火与风
是一副三十载的秋与冬
雨与冰
炼就的男儿身
也是三百年、三千年、三万年
人类绵延的子孙
慈悲的大地之母
只眨一下眼睛
猛然间
手中脆弱的杯子落地
你就再也创造不出
这个瞬间碎裂的人

一个人离世

红日照样升起
当一个人离世

大街照样喧闹不息
当一个人离世

人们照样买卖交易
当一个人离世

日子照样黑白更替
当一个人离世

唯有他的亲人悲痛哭泣
当一个人离世

黑暗之鸟把他飞到了月亮里
当一个人离世
就如一块突然醒来的泥土
完全忘记了它梦中旅行的疆域

致兄弟

我是微流,亦是大海
我是突兀的峰峦,亦是下陷的地穴
我是奔命的野兽,亦是追逐的猎人
我是伤痛的病患,亦是治愈的医者
我是将军,亦是兵勇
我是上帝,亦是奴仆

世界,如果我决胜了这个我
还会有什么失败
兄弟,有什么成和败,失与得
人生是一笔坚硬的债
就如养蜂人放出的蜂群
那采蜜的蜂儿
终究要归来

纯净的眼睛

公交车上
年轻母亲怀中孩子的眼睛
黑亮、纯净
是初降在地上的新雪
还是山间石潭里的清泉
是浓夜里寒亮的大星
还是高原上深秋的天空

孩子
一个普通的神灵
什么样的言语才能形容你的眼睛
什么样的画师才能画下你的心魂

妈妈,我们初来时
也有一双这样的眼睛

孩子,你的眼睛是世间的宝镜
能照出
那些神灵变成的妖精

秋天的事情在逐日荒凉

尽管夏日已不知去向
尽管蜇眼的太阳光
正一寸寸变凉
尽管西风那呜呜的铁嘴不停地吹
吹得黄叶乱飞
吹得白霜染上了青草的脸

这时候,总有一些事物不懂规矩
暗暗伸出了捣乱的蹄
看那五瓣的野菊
还在固执而又伶仃地开
那满园的红苹果
还在挤挤嚷嚷地响
还有那胡杨树上的乌鸦窝
三只小鸦出了壳
还有成串的紫葡萄
还有地里翻出的一堆胡萝卜
还有道路转弯处一对拥吻的少男少女

虽然地上的事情在逐日荒凉
草树植物们还是准备了果实
才交出了叶子
少女们还是准备了爱情
才告别了母亲

只是,你这个日渐衰落的男人
都预备了什么
来应承这个已经变化了的世界
来对临这个正在变冷的季节

歌手

在他的天空之下
在他的土地之上
在他的洋槐花吐香的小村庄
那里有一张婴孩的摇床
那里有一个头发灰白的老娘
那里还有一个爱着他的姑娘

就是从那里
从那泥土
从那寂静中
他来到了世上
才使他
把他的黄土和故乡
一遍遍地歌唱

给一位幸运的苦女子
——致诗姐梅子

尽管你手中发芽的残杖
不能把翎羽生长
可你笔下腾起了
一双金色的翅膀
尽管生活的四围浮动着幽暗的高墙
你的白纸上开遍了
草原上的骏马牛羊

你说
身体是一口无底的深井
坐在井底的你只能用回声仰望
你说你是笼中鸟
但你知道她如何歌唱
你说一个苦女子
其实她多么幸运
她有了母语的温床

她有了大唐国古诗里的月亮
你说自从她的墨水里涌出了诗国的酒浆
她就新生了
在日子的囚笼里
孤寂飞翔的力量

他们，我们

在婴儿的摇篮旁
在老人的手杖下
在海底的通道里
在偏远的山脊上
在高空的缆车中
在开阔的戈壁沙漠
在逼仄的矮棚小屋
在楼梯的转弯处
在CT室的屏风后
在幕布的右下方
在牙根冰痛的数九天
在汗水汹涌的酷夏日
在发射塔的电波里
在电话线的颤抖中
在一部剧作的高潮处
在一场游戏的终结
在世纪大厦拥挤的台阶上
在郊外幽静的小径尽头

在墓地的火光下
他们,我们
嘴巴微张
舌尖滚动
他们,我们
他们,我们说说说
钱啊——
钱啊——

就这样,从生到死
被一张纸
轻轻裹住

他们对我说了谎
——仿耶胡达·阿米亥

爷爷对我说了谎
父亲对我说了谎
我对孩子说了谎
他们对我说了谎
我对他们说了谎
就这样代代相续
直到我们的末日
如此这样
我们如何得救？

而真实的聪明人却问
得救又是什么鸟
他吃喝，他唱歌
他相思与美人艳遇
他热衷于大炮吹嘘
他说，滚吧，永恒
他说，滚吧，生活

他说,就这样无聊地活着
然而生活是只什么鸟
他像个智者
在囚笼中生活
却又背着笼子舞蹈

记下他

"天气真热"
他说
昨天晚上
我和他
拎着冻啤酒
对着嘴巴抽
"真痛快,他妈的
冷啤酒冲进心里"
他说

今天早上
他骑着摩托
还同我说
"上班,到工地去。
等着我,晚上还喝"

下午时
有人在电话里喊我
"你快来,他被车撞了"

在医院的后角门处
太平房里有凉爽的水泥桌子
他躺在那儿
脸上没有汗珠
拿钥匙的老师傅说
"天热，放不得，
还是拉去冻住"
老师傅的话使我想起
昨晚同他吃剩下的一盘菜
现在啥味了

我记下他
他叫老张或小王
他是草民或大人物
他是我的亲人或朋友
已经没必要了

我记下他
一个能吃能喝
能说能乐的人
说没有就没有了

我记下他
有什么用
他不是旅游
也不是出差

也不是回老家
也不是故意躲起来

我记下他
有什么用
他被一下子
撞出世界之外
再也没能回来

军棋游戏

小时候
我们的游戏是这样玩的

注满标记的棋盘上
你我双方交战开始
司令吃军长,军长吃师长
师长吃旅长,旅长吃团长
团长吃连长,连长吃排长
排长吃工兵,工兵吃炸弹
炸弹最凶猛
常碰司令去玩命

就这样按规矩血拼
被你吃来吃去
咱也学会了吃你

长大后
我在人群中找食
生存之旅竟如年少的游戏
但已没有了当初吃你的快意

看见

天光明亮
万物在看见里绽放
我在看
你在看
他在看
它们在看
我们的罪恶
我们的良善
都逃不脱这无边冷厉的眼

吃了一群羊

11月8日是记者们的节日
这一天,搞新闻的人放假休息
一帮名编名记
在沙漠的胡杨林里聚集
为了招待我们
热情的农场人赶来了30只羊
我们在林子里又唱又跳真热闹
放纵之后
开始了吃喝的宴席
烤羊肉、清炖羊肉、馕坑肉、抓饭肉、大块羊肉
吃得我们满嘴流油
红酒、白酒、啤酒、饮料
喝得我们霞光满面
片刻工夫
一群羊变成了一地的烂骨头

酒足饭饱
在回家的路上

我遇见了赶羊的人
他吆喝着吃剩下的两只小羊往回走
两只小羊"妈妈"叫着
惊恐地望着我们
好像我们是一群可怕的动物
好像我们肚子里养了一群饿狼
羊啊羊
其实,咱们一样
我们每天都奔跑在死亡的路上
用不了多久
我们也会被捕获在大地的餐桌上
到时候
泥土吃完了我们
我们变成草
让我们再把你喂饱

中年的脸

果枝弯弯的秋天
我把一只圆圆的苹果
卡于拇指与中指之间
圆圆的苹果
像我的生活一样圆满
汽车、钞票、女人、孩子
温暖的有些微微发烫的家
似乎还缺少些什么
你可知道,你可知道

窗外
那么多的鸟儿
带着鸟鸣声远去
秋风把落叶吹起
成群的枯叶裹着沙尘
在风中奔逃
它们被什么追赶
犹如一张张
渐渐迷失的脸

零或圆

每个人都是圆心
都是那么认真地
都是那么卖力地
在画着手中的蛋

人生的圆
想要把它变得很圆很圆
想要把它变成一幅美满的图景
映出一个无缺的人生
直到最后我们都成了它
它又像一个圆
又像一个蛋
又像一个零
因为太圆太圆
我们又回到了出发时的那个点

诗人兄弟

给一只小蚂蚁写诗
给两片仙人掌写诗
给三棵白杨树写诗
给四只蹄子的灰毛驴写诗
给老黄写诗
给小王写诗
给几块黑不溜秋的石头写诗
给满地的白雪写诗

老婆骂他
"狗日的、疯子、傻子,光知道写诗
一家人吃屎"
诗人从怀中掏出了一张写满诗句的纸
犹如掏出张上万的票子
"别看这不值钱的文字
可是钞票买不来的"
诗人的嘴里小声嘀咕
嗨,可爱的兄弟
让我也为你写首诗

生活的脸

生活是灰蒙蒙的早晨
那个弯腰拾荒的老人
生活是奔忙的公交车上
那个捂脸号哭的男子
生活是荣耀一生
那个晚年惨败的官人
生活是那颗挂在孩子
两颊的泪滴
生活是那头拴在桥洞下
垂首无语的毛驴
生活是那个蹲在水泥袋上
埋头吃饭的民工
生活是那个躲在角落里
数着零钱的母亲
生活是一只踩成扁形的车轮
生活是一座钞票围起的城

生活是冠冕堂皇的春天
那心中呐喊的孤灯

生活亦是那蜜丸与苦汁熬成的粥汤
你慢咽,我细尝
生活就是应承这命运的雷霆及馈赠

生活呵生活
生活也是渴望的种子
它能够在任何一处发芽
生活也是绚烂的花
你可以是其中的一朵
生活更是杂味的果
你想长成什么
就能成为什么

生活呵生活
这阳光下的一个个我
无不驮载暗影子走着
生活呵生活
在人生的瞬间
我偶然看见了你这张猎鹰般的脸

夜半,在医院

白色的地板
白色的顶棚
银磁一样的墙壁上
映出日光灯影

着白衣的小护士
你是天使还是幽灵
我儿子在院子里的榆树上
看见了人影

此刻,在这白色的空洞里
一个垂危的人
最后一次脉动
已归入这白色里的白中
这白色里白中的一声寂静

而隔壁的产房里
新生者的啼哭

是这座白色建筑
眉心的十字大红

今夜,孤月无声
朗照人间的
喧闹与寂静

绝句妙语

在这个高速竞飞的年月
人心裂变出极度的美
就连楼道里的小广告
也炼成了这样的妙语绝句
"婚姻调查
盯梢收账
帮办百事"

都走了

下班后,都走了
社长、总编、主任、编辑
一个,两个
都走了
连拖地的勤杂工小胡也走了
过道里空空的
所有的声音都走了
整座楼里空空的
长满了荒草一样的死寂
办公室里也空空的
头顶的日光灯照着干净的瓷砖地板
像一张没写字迹的纸
体内那个叫张三或李四的我也走了
这时
他从一个人身体里的远处回来了
他脱去了一件件有棱有角的衣服
光溜溜地同电脑里的一个人下棋
在心里不停地说
我我我
我就要赢了

就像一个梦

沼泽里有疯狂的蜜

那么多的人陷入
这片阳光明亮的沼泽地
我我我
那么多的人在说
那么多的人只有一个名字

我要,我要,我还要
那么多的人喉咙里伸手
那么多的人
来争夺
这一张张彩色的纸

使得那么多的我
买下
天堂或墓地

诗人张豫森

没有老婆孩子
没有房子,没有家
没有工作,没有保险
甚至,没有一张好脸面
粗硬的连鬓胡子
头发鹰抓一般
好久不见
他还是那样叫人心酸
"兄弟,你该攒点钱"

"那是肉体上的事情,咱们不谈"
他的酒气直扑我的脸
他用三根手指揪起酒杯一口而干
"诗歌是我隐秘的王冠"
他瞪起通红的眼
他的话像粗砺的闪电
使我这个体面的人无比可怜

在城里干活的表弟

我的姑家表弟
他年轻英俊,有的是力气
在南方的一座大城市里干活
每年都要回家两次
休息俩月

他每次回家,总是满载而归
票子、好烟、好酒、好吃的啥都有
他每次回家,总是衣着新潮
浑身有一股好闻的香水味
村里人抽着他的好烟
品着他的好酒
顺便也打探着他的财路
从表弟嘴里,大家得知
表弟在家政公司工作
干着疏通下水道的活
可是,乡亲们谁都不信
一个出苦力的人

怎能有这样阔绰
乡亲们谁都相信
表弟一定干着挣大钱的买卖

而村里的人,只有我姑姑相信
儿子干的活
因为每次表弟回家
总会脱去城里的衣服
让姑姑拿到村边的大河里洗
姑姑每次洗衣总能闻到衣服上
有一种海水的腥味
(姑姑疑心儿子总在大海中洗澡)
姑姑说,那是一种下水道的味

其实,没出过远门的姑姑
永远也不知道儿子
我也是偶然才明白的

我在城市的夜店里
看见一群青年男女
他们叼着香烟
身上透着表弟也有的香气
他们在懒洋洋地等生意
那晚,我明白了
表弟那向下挖掘的出力活

想起一个男人叫千秋

一个普通的人
一个平常的小学教师
草民里的一棵草
在那个瞬间里
突然地蓬大,长高
伸展的枝杈
护住了四只小鸟

在夏日的一个午后
光阴早已越过了那个毁灭的时刻
我看着我的孩子
我的鸟
在草地上跳跃
我的鸟
使我想起了你

千秋
一棵长成大树的草

你站在远山的背阴里
永生不倒

（谭千秋，一位平常的中学教师，在2008年5月12日汶川地震那一刻，他张开双臂护住四个学生，以己之死换来他人之生。）

祈祷书

向冬天要太阳
向黑夜要月亮
向雾霾要晴朗
向死神要回收走的生命
还给那个90后的嫩小伙
等于要回了他献出的心、肝、角膜和肾
等于要回了他的青春
要回了他的儿孙

只是
慈悲的观世音
看看这些等待拯救的人
小小的死亦是超级的大生

（广东揭阳22岁小伙吴远旋车祸遇难，家人捐其器官，7人获新生。）

蝴蝶

深夜,月光
绕过纱窗
落下窗台
照亮睡眠人的鞋

一只白蝴蝶飘来
唤醒他身上
耻辱和委屈的黑蝴蝶

那人梦见
两只蝴蝶追逐着
逃开

寒夜见菊

秋风的警笛响罢
严霜过处
识时务者尽皆逃离

痴心的小子
朝圣的行脚僧
以不合时宜的盛开
自生香气
恰似挑起寒夜的灯盏送你
黄花朵朵亦如金钥匙闪烁
芝麻,芝麻
打开那道封冻之门
众鸟纷纷
奔向那颗最亮的星

上帝的手呀
精巧地剪裁众鸟的舌尖
修饰所有的鸣叫
嘘——听——凤凰即将
带着烧灼的火焰归来

观世音

观世音
让他洗手洗脸
洗完身子
再拜吧

惟愿你的慈怜
洗净他的心吧

你怎么哭了
又好似笑了

就像当年
那个黄昏
站在村口
欢迎顽劣孩子
回家的妈妈

此心微甜

天上,游来荡去就那几朵云
地上,过去往来就这几种人

今天,这个叫凌空之云的神
美得有点甜
甜得就像世上某个人的心
他的甜不多不少
那是由爱与悲悯所凝炼

第三辑 默立风中

在人间

醒来,已是人了
我现身于日夜的黑白剧
奔走在世纪的大街

"喂!你是买还是卖"
人问我

我被拦截
和众水入流
纠缠于人间交易

风吹我

这场从我后面而来的风
起自于过去
起自于遥远
起自于岁月的深潭
它吹动了多少人的衣衫
它吹枯了多少的春天

这场已吹到了我身上的风
它吹着我的影子
它吹着我的孤单
它吹起一场沙尘
迷住了我的眼睛
它吹落了一块云
淋湿了我的风筝
它,还吹起短暂抑或永恒
我不管

只是,我知道

我这人是根暗哑的弦
是风
来把我悄然地弹

街市

睁开两眼
黎明的长睫毛清扫了昨夜的昏梦
心中的欲念混杂着恶念
如波浪,一浪涌接一浪
推动着这个"老点"号起锚

窗外街上
已有许多人
轰鸣着一只只叫"我"的船

（此诗写完,想起一句话:兄弟,审判你亦是审判我,我身上和你有同样的罪。）

永远

一想到我们的衰老和死亡
狂热的心跳就要化作
泥土的冷凉
就关不住
关不住
这胸中的大海汪洋

世上那些高贵的事物

必须承认
在人类之外
有众多高贵的存在
比如：群山、大海、黑夜、星空
黎明的荒野、黄昏的雨、冬天的树、飘舞的雪……
它们静穆庄严似庙宇
又如祈祷的圣徒
我常常被它们感动，并敬重着
但总有些小小的不适
就像与一位德高名盛的大人物握手
总有些受宠的惶恐

我惶恐，不是由于个体的卑微
而是羞愧那往日的罪过
我惶恐，也是因为我的善良不够真诚
我的爱还不够纯净

来人世

重复的游戏
古老的命题
大地的浆果
亡神的粮食
灼热的玫瑰
欲望的露滴

你来这里,我来这里
乘上同样的肉色之车
匆匆踏上茫然的旅途
你一个,我一个
这一个,那一个
无不是同一个
这个我们共有的名字叫黑夜

醉了

我喜欢这朝阳加热了的城市
喜欢一个人在人群中漫步
我满怀忧伤和爱意
把匆忙的众生注视
喜欢在一株青杨下默默沉思

要是若干年过去
街道、人群、我自己
连同这掺和着女性微微香气的呼吸
哦!
我战栗
激昂如风中的旗

陌生人
我不敢拥抱你
只有悄悄地亲吻
这路边轻轻叹息的泥土

小路漫步

从人群中逸出
黄昏里
独自踏上这条僻静小路

小路真好
两边有树有青草
也有蛐蛐与蚯蚓的叫
自树梢里传来的清风
拂去了我心头的烦躁

这地方真好
满树的绿叶宝宝,满树婴孩的手
草精们有着柔长的小腰
头顶的星星们在蓝空里沉醉
远处山影上的晚霞
还有淡红的翅膀闪耀
它们真好
它们含笑

宽宏了我在人群中的罪
它们接纳我的美德
是一种自然的善愿和厚道

黄昏真好
想起那白日里的人与事,得与失
无论你记得我也罢
忘记我也罢
对我好还是对我孬
我已不再计较
这一切
我都会欢喜
都会珍藏

人生真好
我如同那位怀揣爱情的少女
再一次青春
在这黄昏的小路上
踩出了黎明的通道

悄悄的香

我在郊外散步
红艳艳的花儿开了一路
我说"花儿们,借我一朵"

一枝花儿颤动着
我摘下了她

捧在了手心里的花儿微微摇晃
感觉她像一只雏鸟
小小的身子在长

这时候
我有点忧伤
要是忽然间伸开手掌
谁会同我
来欢喜
这悄悄的香

小东西,如果你是鸟
请快快跑
小东西,你的香
我会暗暗地隐藏
只等那一个人来一同欢喜

哀歌(组诗)
——给女儿

受难的女孩

噩梦上演,人群聚拢
噬血的卡车滚过
女孩呀,你是主角

几支野花在你手中攥着
蝴蝶结在你发间卧着
一个人在那儿指着
一句话在他嘴里嚼着
一颗糖在他舌根压着
外人的血在那儿流着
外人的人在那儿躺着
外人的死在那儿死着

人群激动
是鲜血拯救了平庸的生活
孩子
我醒着

挽歌

孩子,你再也不会告诉我
鲜红的太阳已经升起
空气中飘满了白色的翎羽

孩子,你再也不会告诉我
冬夜的寒风
正悄悄撞响天空的钟

孩子,你再也不会做客
那个金黄的杏园
把嘤嘤蜂群贪看

孩子,我把你的尸骨埋毕
我把你的灵魂背起
低头流入忙乱的人世
没有人注意

只是光
把我弯曲的身影投地
只是风
再也不会吹乱你青青发丝

女儿,放学了

这么多蓝校服
这么多白裙子

这么多颤抖的花枝
这么多喳喳乱叫的小鸟
这么多快活的小东西
又一次来到你念过书的小学校
又一次悄悄地喊
女儿,放学了

叔叔,你找谁
也扎着两根散散的鸡毛辫
也戴着一副扁扁的小眼镜
这打扮,这语气
跟我的女儿如此相似

在欢腾的大海中
还畅游着这么多的女儿
这么多不知名姓的父亲
死亡啊
我还保存着父亲的荣誉
父亲们
请暂退一步
把你们的孩子借给我

我的女儿竟这么多

再一次悄悄地喊
女儿,放学了
温暖的泉水自心底涌出

五月之雪

五月
女孩的血
自天空
自太阳倾泻
这浩荡之水
这奔腾之火
这纯净之源
在我蜗居的城市下降
在黑油马路上散落
一万声乌鸦啼过
一万只铁鞋踏过
一万条橡皮轮子轧过

女儿,我不哭泣
我只是心痛它们弄脏了你
雪白的血

纸上画梦录

死神一挥手就轻轻把你抹掉
在一张白纸上
孩子
我又一次固执地把你创造

画下一轮红日出作为你的脸
画下两弯新月牙作为你的眼
画下两瓣粉荷花作为你的唇
画下一篇绿草地
几朵小白云
画下一只花蝴蝶大风筝
再为你送上一阵东南风
孩子
好使云彩驮着你手中的美梦飞升

可是,孩子呀
我到哪里去找那样的一棵草
来种上你的心跳
我到哪里去找那样的宝石刀
来刻下你的呼吸
你的欢笑

孩子呀孩子
我只好又在纸上
画下一座城
一座空空的城
一座荒芜人迹千年的城
一座雨水中浸泡的城
画下城里那座巨大的钟

孩子呀孩子
这独为你制作的钟

我独为你所撞响的钟
这钟声的桨轮
将会把天地的安宁来搅动
这钟声的涛音
将会加入宇宙万古不息的合唱中

影藏女儿　在广场上漫无目的

你死了
我谁也不告诉
反正谁也不知道
这尘世有没有你的个体
亦如你的到来与结束

你死了
这座城市依然喧闹
城市中心世纪广场上闲步的鸽子不知道
喂鸽子着红裙的少女不知道
推篮车怀揣幸福的母亲不知道

女儿,我仍在人间忙碌
我劳作时你出力
我悲伤时你流泪
你在我的影子里栖居
你在我的呼吸里秘语
可我知道
这一切

你都看见了
你都看见了

  (是孩子的死拯救了我平庸的生活。2004年,我9岁的、上五年级的女儿,路遇车祸。小东西没有了,世界把一根粗壮的荆棘插进了一个人的心脏。
  和女儿一样已经去了他乡的老博尔豪斯写道:"见过宇宙,见过宇宙鲜明意图的人,不会考虑一个人微不足道的苦难和幸福,尽管那个人是他自己。"也是文学和诗歌拯救了我,我背负着女儿的灵魂,开始了新的写作。为了我,为了和我一样活着的人;为了女儿,为了和女儿一样死去的人;为了日出日落;为了来路和归途,我为一个人的写作找到了理由和凭证。一股暗褐色的血涌上了我的笔端,那是我潜伏已久的悲伤……)

黄昏来临

黄昏来到,乌鸦在叫
匍匐的黑影举起双臂
飞升的群星在指尖亮起
无敌的明月如君王登基
潮水暗涨
四下里一片寂然

这晦暝的时刻
爱人
我和你共读命运之书
"啊,在岁月的波涛间,
我们只是小船,
只是些临时演员。"

那么多,那么多

大地多么广
泥土多么深
人生多么短
泪水多么咸
那么多
鲜花美酒与神灵生长在大地
那么多
才子佳人和母亲埋葬于泥土

落在雪山上的雪呀
天空之上是男人的悲伤

夜雪

时光如箭
落进无底深渊
往日遁逃如受伤的猎物

今夜
你端坐于第49圈年轮里
仰望高处的虚无
众星明灭似暗疾
你叹息复叹息
悲愁的枯发飘飞
空
白了
黑黑大地

失眠了

我养的两只龟,剩了一只
它们是一对情侣
经常看见,那只大元趴在小元的身上
尾巴跷起,嘴里"呵呵呵"地叫着

死,实在让人没法子
只好把小元葬于楼角的海棠树下

可怜的大元
你今夜是否跟我一样
失眠了

黄昏归家

落日在绘制那迷人的画卷
它的光彩
为乌云染上金边
使得远处的树林、果园、村庄
近处的稻地、棉田、灌木、蒿草
公路上的大小车辆
荣光一片

太阳这位千古画师
多么顽皮
每天都要把黑暗追赶得像兔子一样
逃窜
每天都会在天空的墙壁上
涂鸦一番

可人类心事重重
回家的大巴车老病恹恹
一群生活的蚂蚁昏昏沉沉

巨大的美在流逝
已无人懂得

嘶哑的机器声里
匆促的心,混乱不安
你急于返家
你以为家只是乐园
而不是墓穴

（烦恼如蝇绕虱咬,心中荒草起伏,以语冲之。）

白雪歌

你不在,寒夜在
明月在,那颗孤星在

你不在,天山在
山下那座村庄在

你不在,胡杨树在
树上那只老鸟在

你不在,乌鸦向晚
叫声白
白了,白了
可怜的雪落下来

　　(雪,是天空里寂寞的孩子,撒向大地的白,是他悲伤的碎骸。)

雾中

云雾茫茫
像是一种安葬
显现出时间的本相
那里暗藏着万物的故乡与墓床

风声喧哗
众生浮游
星球漂移
两粒尘土在塔里木相遇
这刹那的交汇
令那张潜隐在迷昏中的脸
微微一振

　　（于塔里木风沙途中，匆就。）

夜半醒来，他看见

夜半醒来，他突然发现
人生已到中年

他看见
儿子，房子，满室的书籍
半路远逝，他永生愧对的妻子
枕边的叶赛宁诗集
单位里的男男女女
每月1日都发的工资
还有那么多
一起斗嘴、争执、打赌、碰杯的兄弟
那么多的女人唤着他的名字

他醒来，这不是梦境
他抚摸着一个四十多岁男人健康的身体
他看见了四周的生活
他哭了
"凭什么你该享有这样的生活"

他想起了八岁时溺水而亡的哥哥
他哭了
人啊人啊人啊人啊人啊……
他在黑暗里哭泣
泪水又甜又苦
是黄莲里掺着的蜜

无人怜惜

妈妈
那张吐脏喷污的嘴
我怜惜
他最初亲吻的蜜

那双揉碎花朵
砍折生命的手
我怜惜
他手上白皙的纹理

那条凶猛狂吼的狗
我怜惜
它锦缎的毛皮
疏松的牙齿

还有那头浑身汗湿的驴
我也怜惜

怜惜它斑驳的鞭痕
沉重的泪滴

夜夜日日
活在世上
我把万物怜惜
只是妈妈
自从一别后
再也无人把我
怜惜

供词

敞开着，荒芜着
凌乱着，忧郁着
明证着
我还活着

谁能拯救我？
风扬起沙尘扑迷着窗户

"你中之他"
一个声音说

归来

当他老了
当他那熟透的麦粒被死神的火车拾起
送给郊外那座无声的容器

随雨落下
又一次悄然滑入大地

他听到了草根下母亲的低语
"你回来了,我的孩子!"

堆在鬓角的泪渍
被母亲轻轻拭去

比梦还远

你住在一座比梦还远的城
你的花园里
花开得像爱情
你在园子里走动
黑夜是你的黑眼睛
白天是你的白眼睛
月亮是你轻柔的心灵

那个赏花人还未到达
你在凋零
落花似雪
可怜的赏花人,日夜兼程
他已穿过一场场唐诗宋词的雨和风
他已穿过一天天的白日梦
可怜的赏花人
还要赶多少路程
才能追上这场飘落的爱情

还要赶多少路程
才能追上这场飘落的爱情

赏花人,赶快来
她已是一座空等了千年的城

一声叹息

白日的羽翼下
黑漆漆的道路行走
一位老人
仰躺在那儿
胸脯起伏地喘息
他挣扎着想要坐起
然而在那越陷越深的虚弱里
死亡正强壮地生长

无奈间
一声叹息
自那白发的颅顶升起
我看见
一面旗
一面透亮的旗高高举起
仿佛在嘲笑那身体的废墟

夜歌

(如此荒凉,将我的夜歌歌唱——海子)

这一刻,北风吹奏下的夜半雪花悠悠
这一刻,我醒在黑夜的黑中
夜晚的井中
寂静的静中
雪花的白中
雪的叹嘘,落地轻轻
唉!诸神都睡了
白雪铺就的大地使我想起了你
有多少高贵的灵魂已踏雪而去

又一次,打开诗章把你惊动
又一次,打开青铜
又一次,你钟声里的青铜将我击中
诗歌的王,年轻的神
你在我的朗诵中乘着一片雪花的轻盈
这是你舍生忘死的爱
这是你悲悯的尘世
被你劈开的疼痛还在地上弥漫
永远的海子,神圣的孩子
我满怀虔诚和恭敬
为你的幸福哭泣
为你的人生哭泣

生命是一次方程
你已为我们的意义
作出明证

诗歌的王,年轻的神
在这个混浊的夜晚
我祈求
你与我汇合
并引领我
引领我的世纪
引领我的人类
引领你的同胞
一起飞升

黄昏经过家族墓地

爷爷躺在这里
奶奶躺在这里
祖先也躺在这里

31岁的母亲躺在这里
47岁的妻子昨天才躺在这里
那土丘上晃动的白色纸幡
犹如一个女人一生的标记
在她的旁边
还预留着一块空地
你知道那是什么

你只是经过
并不想停步
更不想早早安歇
你还有许多的路要走
还有许多的云要看
还有许多的爱要爱

还有许多的悲悯
没有倾尽

当你归来
当你的白昼变黑
一弯新月
将为你照亮另一座星球
那里有另一种空间
另一种时间
这一个你
将相逢另一个你

　　（注：作短暂停留，故乡在黄昏中渐行渐远。）

夜读但丁《神曲》

我已在世上沉默多年
在无知中走过青春的花园
曾啜饮过火焰之酒
暴淋过酸涩的黑雨
如今
我亦如这个游历过地狱的诗人一般
"准备承接命运的任何安排"
更似那幼儿园的孩子
乐意去演出老师吩咐的不同角色
只是,我常常会陷入剧情的迷梦
任泪水冲毁脸上的油彩

一旦我了悟命运的游戏
就会使丑石开出花来
也能把苦胆当作美味的果实

失眠时想起两人

夜半
醒着时想起博尔赫斯的语句
"我应该赞美和感谢时光的每一个瞬息
我的食粮就是世间万物
我承受着宇宙、屈辱、欢乐的全部重负"
博尔赫斯又使我想到了佩索阿
那位里斯本的小会计
他躺在单人床上写下的言词
"我的心略大于整个宇宙"

作为诗人的一类
我常常愧疚于自己的蹩脚文字
今夜
我同样在宇宙的深渊里挣扎
两位诗人的话
就像老朋友带来的问候
给了一个人
一种深深的安慰

步出暗夜
——致海棠树

黎明中的海棠树
抖一抖尘土
步出暗夜的阴郁
昨日的困苦
已化作阳光的花束
你伤痛中长出的红果子
缀满枝头
倔强地闪烁

一只早起的百灵鸟
登上树稍
海棠树,张开年轻的翅
热烈的红果子
是它欢跃的铃鼓

奔赴黎明

太阳还没有出世
东方透着微微的红
半边的白月亮犹如一朵清澈的笑容
广场上一切多么生动

顶着严霜的枯草你好
老柳树你好
跳喳喳的麻雀你好
大地上的落叶你好
洞穴里的小蚂蚁你好
早起的人你好

和那个晨练的人一样
对着天空长吼一声
心里兴冲冲

只是，多想告诉你们
我就要登程远行
去奔赴一个新的黎明

第四辑 岁月鸟羽

我写作

有人说:"我写作,是为了光阴的流逝使我安心。"
有人说:"我写作,证明我来过。"
有人说:"我写作,我孤单,我倾诉,我祈祷。"
有人说:"我写作,是因为书可以组建我的第二个身躯,可以使我持续地活着。"
有人说:"我写作,是为了超越渺小的禁锢,去往月亮旅行。"
有人说:"我写作,是为了那顿最后的晚餐。"
有人说:"我写作,是为了活着;我写作,是为了存在;我写作,是为了我写作。"
有人说:"我写作,我变态,我变态地认为文字的魔法能表达世上的一切。"
有人说:"我写作,是安慰这个带着欲望的躯壳,装着可怜梦的我。"
有人说:"我写作,只是为了自己而写,使我暗暗将文字的群星撒遍我的天空,在那里创造无限。"
有人说:"我写作,是叩问生活,叙述灵魂的感觉,是文字带着一种节奏,将宇宙中无形的奥秘转变成有形的物质。"

有人说:"我写作,是为了遗忘,是为了这个叫佩索阿的人,将要忘掉佩索阿。"
有人说:"我叫寺山修司,我的职业就是寺山修司,我记录他。"
有人说:"在我的拇指和食指间,安放着我粗壮的笔,我要用它去挖掘。"

而俺也说:"我写作,是为了让这身体的魔鬼和心里的天使共饮同歌。"
哥们呀,俺知道,尽管俺这理由有点做作
可也许只有写作才能安妥——
这微温的方块字,浇薄的肉身,茫茫不安的心

大雪飘落
你正在写作
你召唤明月与花朵
改写命运和韵脚
点起荒原之火
黑夜兀自通透亮了……

写作与虚构的时光之书

当写作多日的马尔克斯下楼时
他扔掉了那支笔
他已完成了《百年孤独》这部名著
他流着泪对妻子说
"布恩地亚上校(书中的主人公)死了,我的书也写完了"
马尔克斯为他虚构的主人公哭泣
为了一本书的结局
为了那个人的死

然而,世界
我要问
当我与爱人们逐日老迈
最终死去
又一卷时光之书写作完毕
那个虚构我们的谁
那个写作我们的谁
他是微笑还是哭泣

回家

父亲在故乡老去
一只花喜鹊
在母亲的坟头跳跃
伸手擦去窗玻璃上
经年的尘土
昨日的大雪落地

我回来了
沿着记忆的轨道
一列旧火车
运载着往事
就这样,呜咽着停下来

父亲,父亲
你是扳道工
你的头顶
有一盏高高的太阳灯

(昨夜梦还乡,娘亲在,老爹忙。醒来泪双行。)

致我的诗神

在昏暗的山巅
在一群星星之间
他看见
一幅大美的容颜
他听到
那掷向头顶钢铁般的回声

"你既然要爱,你就要承担"
"你既然要歌唱,你就要领受光荣与苦难"

抬起那扑满尘土的脸
激动的心
铭记着这钻石般的语言
忘记了他那小小的苦难

给书神

夜晚乱梦
黎明微风
清澈之眼
记忆之钟
你在寻找谁
谁在等待你
我悲惨的年月
忧郁的日子
明亮的时刻
唯你不弃

醒来

是沉沦还是超越
我想我已明白
在这塔克拉玛干沙漠
逼近的小城醒来
独自明亮
仿如一座复活的海

在人生的长路
我已踏过迷惑之途
那是一种怎样的历险呀
那浑浊的岁月
那遥远的星辰
那低入荒草又仰起的腰身
那胸肋下黑寂了又燃起的火

平安书

昨夜值班
无事完好
一切平安

开门时
霞光的甜鸟在窗台跳跃

我已成我
虽无可逃脱
在岁月的长镜头下
幸与不幸,又是什么

云层不是天空
真性的天空比水清澈
太阳逾越云层
依然圆满降落

小小我之歌

尘世上小小的我
姓什么，叫什么
不算什么
我有一支长长的永远之歌
唱给阳光下温热的一切
唱给消逝的一切岁月
和那将要到来的一切
包括那个叫做"死亡"的家伙

他热爱一切
热爱世上的女人男人
热爱那条唤作"豆豆"的小狗
因为有一次
他喝醉了
温柔地亲吻了它

他甚至热爱那个终究追上他
使他死去的家伙
因为他存在过
他掏出一颗心来
把阳光下的一切爱过

草间问答

这也许是一块被遗弃的土地
荒芜得不像样子
沙石混居的地面上
杂住着枯瘦的乱草
间生着低矮的灌木
那些旧日的积雪
零落在暗影里
闪动着脏污的牙齿

我也不清楚
怎么会来到这里
在这里久久独步
心里盘扰着一个执拗的问句
"我的生活有何意义"

我抓起一把沙粒
踢飞一颗石子
问起荒草、灌木与雪迹

"你们的生活可有意义"
而它们不会说话
或许人家根本就没想考虑
荒草就是荒草
沙石就是沙石
人家可不像我这么无聊
吃饱了肚子
抓住自己
把一个人的麻烦来找

抽屉里有一把明亮的刀子

抽屉里有一把明亮的刀子
那是我在朝阳下
用惊雷和波涛炼就的骨头

我揣着它昂头走过四季
老鼠与乌鸦
从它的寒光下逃离

如今,它像一条受伤的老狗
安静地躲在抽屉的一角
落满了寂寞的红锈
窗外的街市
苍蝇们壮大如牛
蚊子们变身雄鹰
作逍遥游

刀子,刀子
疲倦得似一块熟睡的石头

我只在没有星光的黑夜
对你低低私语
然后戳戳空气
这时候,心激荡着就要飞起
原来,那里还藏着一座没有封冻的海

这就是故乡

村庄被围困在土地的中央
到处是庄稼的海洋
望不到头的绿意茫茫
活着的人住在村里
守护着孩儿们和牛羊
死去的人住在地里
把一季季的庄稼喂养

一场豪雨落下
庄稼在长
坟头上的草也在长
这就是故乡
家园里长着墓园

一只鹞鹰贴着庄稼杆子盘旋
鹞鹰,鹞鹰
难道你也回到了故乡
难道你也厌倦了飞翔

难道你也想在这庄稼下大睡一场
鹞鹰,鹞鹰
你翅翼下翻滚的绿浪
难道不是一种力量

村庄,村庄
你不想把一只鹞鹰埋葬
你不想把一只鹞鹰埋葬
那辽阔的苍穹还在期待你的一声嘹亮

(录旧作一首。2009年7月28日自故乡回。)

欢祈歌行

你给他家乡
给一个喂养他的白发亲娘
使他吃下五谷杂粮
饮下露水的银汁
月亮的奶汤
星星的轻芒
使他身强力壮
又给他一个相爱的姑娘

他这个母亲的孩子
女人的丈夫
孩子们的父亲
再给他几十年又短又长的时光
使他在茫茫尘世上快活一场

生生不息的光明之神
只是这个我呀
该怎样
怎样报偿

趁我在

趁我在
两脚如叉扎下来
两条手臂举起来

趁我在
敞开喉咙吼起来
使潜逃的神灯亮起来

趁我在
用双手写下
赞美和热爱

我的幻影,我的兄弟

你看见,忽然的天蓝
怎么,这蓝的无限
竟蜇痛了你的双眼
兄弟,成为一个纯正善良的人
一直是你的愿望
你怜惜草叶一片,白纸一张
怜惜塔克拉玛干
也怜惜那一粒沙

幻影之子,我的骨肉
我们彼此相处已经多年
我的头发里掺着你的雪花
你的手指上长着我的指甲
你俯身尘土
低低地叹息
不伤害一只蚂蚁

活在阔大的人间
世风吹度,带来万事万物
带来影子弯曲飘移
我的兄弟
你垂首敛目
如那个古印度的王子
我听见你无声的轻吼
"来,朝前走"

奶奶

紫色的牵牛花爬满墙头
这个叫富贵的黑狗蹲在门口
母亲和你还在
只是,她去北坡锄地还没回来

天不亮,父亲拽着那头黄牛到了河边
他捧水洗脸,又要啜饮两口
牛爱吃含露的青草
父亲却喜欢这流水的镜子,黎明的美酒

灶屋里,你蒸熟了白馍
并不揭锅
一碗香椿蒜汁刚刚拌好
半盆子土豆炒肥肉香气撩绕
你扭动小脚轻敲窗子
一遍遍言唤
"乖乖,宝乖乖,太阳老爷晒住屁股咯"
"好乖乖,起床吃饭了"

我翻了个身,嘴里咕哝着
复又蒙头睡去

而今天
在远乡的街市
我已早早醒来
站在记忆的窗口
再一次听见了母亲的咳嗽与你在喊我
蒙尘的心忽的一阵颤抖

每一天，都是最后的一天

昨天的太阳不是今天的太阳
今天的我已不是昨天的我

每一天，都是我最初的一天
我抬起右手向太阳问好
每一天，都是我最后的一天
我抬起左手向太阳作别
同时，我挥动双手向它致敬
因为我的问好也是作别
我的作别也是问好

我捉不住太阳
也看不牢这个狡猾的我
只能对着时光的脑门猛击一拳
望着它向宇宙的深处坠落

休息日,窗下随记

马路上没有马
只有路,只有人
大路接连八方
条条大道直通罗马,不是童话
那些开车的人
骑行的人
急速奔忙的人
卵蛋慌张得叮咚作响的人
能有几人到达

休息日,你端坐窗下
你搭乘光阴之车到来
像个正人君子一撇一捺写下的楷书
你倾听一个时代的轰鸣
又像个装模作样的先生
你看着自己的心
内心,那团黑色的云在驱逐那羞愧的云
你伸个懒腰
你已卑贱无耻地度过了半生
多像个阉人

意义或无意义

一头羊在栅栏里稍息
一棵树在林中站立
一个人在窗下读书
一片云在天上飘浮

三根电线横空而过
一只黑鸟蹲在那儿
它只是蹲在那儿
叫也不叫,动也不动

一条河向远方流去

每一天

只要你醒来
每一天,都是日子

只要你梦着
每一天,都是生活

每一天,都是歌,都是带盐的歌
都是短章,都是长调
都是朝霞,都是落日
都是露珠,都是宇宙
都是眼泪,都是叹息
都是大笑,都是赞美

每一天
也都是你记忆后花园里的蛐蛐和蝴蝶
荒草与花朵
只要你活着
每一天每一时每一刻都是一只长满羽毛的歌

多么美

多么美,多么爱
我恰恰走近
你正好盛开
诗也写不出
画也画不来
那是青草对马蹄的应诺
那是一只鸟对春天的告白

(2019年3月16日星期六正午,记于阿拉尔。)

夜半无眠时,想念窗外的圆月

多好的一盏玉碗
只能装下我的两滴泪水
一滴叫愧疚
一滴叫思念

一滴有点苦
一滴有点甜

下午的阳光

下午的阳光,是如此的明亮
是如此地彻照你经历的过往
它把你与一株草、一朵花和一堆
热气腾腾的狗粪照亮

你与草与花与狗粪臭气或芳香
你们一同展现岁月的镜像
一同赋予生存的意义和活着的希望
你以为你是谁
你并不比一棵野草高贵
你只不过是脚下的尘土一撮
只不过是塔克拉玛干沙漠中的沙子一粒
你短暂逗留
只不过是一根火柴划响的瞬间
滚开吧
你不要乱想
你的思想是你的牢狱和烦恼的根源

而这个下午是如此美好
你活着,这足够证明
这草这花朵这粪土
这个你
怀着对时光无言的恩爱
在静静地流逝

2019年，春日记事

2019年，2月8日
这天是开春的大年初四
儿子自新疆阿克苏回老家河南
（打折机票1千块）

儿子上机时发信
"爸，我上机了。"
我说："乖，到时给你爹发信。"

22点零1分
儿发信说
"爸，我下机了。"
咱说："乖，中！"
爸可以安心瞌睡了
爸可以进入安然的睡眠
哪怕从此不再醒来也甘
哪怕从此不醒来也甘

（昨夜，儿万里还家，醉后随手记下，今整理成诗，也有意思。人生在途，辗转流离，瞬间点滴，皆情意。世间父母，此心相同也。）

空烟盒

欢乐是
回家路上的一只空烟盒
我以脚尖催动它

光阴流淌
星星滴落

人生是什么
欢乐是什么
悲伤是什么
什么是什么

我踢我的空烟盒
我踢我的空烟盒

来到人生的中年

来到这人生的中年
世界在我面前一览无余

我甚至自诩地吹嘘
"那些出场的人和文字,
我一眼就能认出你的品级。"
我甚至也会质问自己
随手撕下这身
小丑的花外衣

我常常摘掉这越来越厚的面具
在深沉的夜半
带着灵魂里纯真的悲哀
久久地发呆

在这广阔的世界上

在这广阔的世界上
我是一个小小的人
我有一颗小小的心
在那颗小小的心中
它输送热血与疼痛
它隐藏着无言的苦难和那欢欣的蜜糖
它有着沙粒蚂蚁般的小
也有着天地永恒般的大

如果上帝存在
这颗心便是上帝

我将用灵魂去爱

我在日记中写道
"在世上活得愈久,
我的爱愈加醇厚"
活着
那日以继夜的爱
在我的肉中停留

我已活过了惧怕死亡的年纪
开始怀疑这个世界的诸多真理
包括死亡这个事实
还有关于灵魂的问题
要是灵魂真有
我相信
若是生命毁弃
我将用灵魂去爱
只因它
也是我的再生之根

秋日醉

一

你必死无疑
作为一块行将寂灭的物质
此刻的活着
也许,就是意义
死是第五季的星期八
它叫我们彻底休息
没有神仙上帝
只有光停留在多年前的距离

二

黑夜的树梢上
结满了梦的浆果
其中,月亮是最大的一颗
饥饿的人望着它
直到黎明烘出太阳的面包

三

在人群里
你把你的一生完成
重围之下,还有他和她
以及屋后草丛中的它
时光的明灯不偏不倚
曾一同照出过他们真实的幻影

流水

和众人一样
我已在水里了
那么,就跟随着大家
跟随着泥沙
顺流而下

这样的时刻
我更愿意用对抗的脚步
逆流向上
去寻找那最初的泉眼

啼唤的羔羊

从幽暗的生活小径走来
有着那么多的痛
那么多的爱
憋在心怀

想把它们吐出来

给谁呢
给那个匆匆的路人
还是你

唉！唉！
食肉的兄弟
你不懂
要你倾听羔羊的啼唤
是我的耻辱

时光很多

时光很多
像无边的海
舀一瓢放进锅里

锅里煮些什么
那是他一世的生活

沉默是山

再一次沉默
当世界竖起冷脸

再一次沉默
当同胞浇淋谎言

再一次沉默
当爱人射出枪弹
再一次沉默
当弹头射入心间

再一次沉默
当火药驱动熔岩

沉默
沉默
沉默
沉默是一座堆积的山

他是仰望的天

觉与迷,给世界写封信

乡下的人想到县城去
县城的人想到省城去
省城的人想到京城去
京城的人想到外国去

难道天上的人也想到地上来?

如此,去去与来来
天空和大地
神域和尘世
画出了世界辽远的图

世界,你穿过我的瞬间
我看见了你那张美妙的脸

小小的我
还在你的肚肠内迷失

你读诗吧

你为什么要对一头驴来说
你读诗吧
你读诗吧
因为对一头驴来说
它以为自己就很快乐

你想用诗歌来改变世界
来改变一头驴
犹如一个独裁者要改变世界
不过,这不可能
世界就是世界
诗就是诗,驴就是驴
诗有诗的可悲,驴有驴的快慰

你们这怯懦的一群

"你们这怯懦、无耻、自私的一群"
是谁说出的这句话
我不清楚
但肯定不是我说的
我胆小怕事,哆哆嗦嗦
从不会把人家指责
可我能认定
我是这群落中的一个

我是怯懦、无耻、自私的一个
年年月月
我低头沉默
像个老实人
背着一条小命在尘世苟活

你问我是谁

你问我是谁
我是一群装在这个肉皮口袋里的记忆
在世界的汪洋里
它们隐秘的潜流
是催动他双脚的油

每天,每天

黄昏纷至沓来
黎明接踵而至
这些没翅膀的鸟
一遍遍唱出影与光之歌
反复吟咏的风
穿行我的白发
在朝霞与晚霞之间
驶过我每天每天的船

(步诗人雪海之作而合。)

在高处

我在楼上
小儿叫我
声音脆亮
爸爸……爸爸……
回音在楼道里颤动
我听见了,没有说话
就像我对着空气叫
妈妈……妈妈……
漂浮在空气里的妈妈
想答应
可没有嘴巴

红河

伴我出世
带着你的镣铐,锁链
一条红河流把我撕咬

曾经想着放弃书籍,流浪
和远方的星光
在一个地方
筑一个巢穴
囤积一些钱粮
向生活举手投降

可是,就是这条日夜缠绕的
红河流把心灵敲响

"心已是岩石了吗?"
"要是锈蚀了啊,就是臭水一汪"

"不,那不是生活,是死亡"
我听见
那低低的吼叫声
那低低的吼叫声是红河的愿望

我和你

我和你相聚又离别
我们同一又迥异

而我浅薄又深刻
自私又博爱
善良又邪恶
独立又融合
真实又虚无

我说的这个我
又指认那所有的你
以及这血液的潮汐里
一颗又一颗
心的鸣笛

我来了

我来了
我来到我的世纪
来到我祖辈生长的土地
田园已沦陷为最后的牧歌岛屿
年轻人如燕雀找米
去把钞票里的幸福追逐
唯有弯腰的老祖父
把荒芜的乡土守护

只看见
有人在金色的洋流里沉溺
有人在权杖的法器里捞取
高楼在城市的膨胀中叠起
千城一律,楼屋里住着空气
而我在外打工的姐妹兄弟
他们把卖力的钱、卖血的钱、卖肉的钱
投进房产商沸烫的锅里

哦,"我的世纪,我的野兽"
多年前的一个诗人
就替我吼出这文明的忧郁
如今,这一代在他的预言里生存
我们已无处可逃

只听见
被赶到城市的羔羊
他们在水泥笼中的哀叫
那声音连同汽车轮子的聒噪
汇成街市的节奏

而我已倦于歌唱和赞美
唯有那落日的光辉
使我倾心一醉

我是个朝三暮四的家伙

我是个朝三暮四的家伙
我爱过风,爱过云
爱过鸟,也爱过草
爱过比草高的树
爱过草地里的那群黑蚂蚁

我爱过诗经里的那个淑女
爱过唐朝皇宫里的那个妃子
爱过京城里的那个戏子
甚至爱过宋朝那个叫东坡的老男子

我爱过邻家的那个少女
爱过街边上的红裙子
爱过那个像母亲一样的老妇
爱过那个如爷爷般的老头子

我知道这世上的许多我还没有爱过
也许我还会活得很久很久

我确信他们耐心的等候
我这双沾满爱的手
我想告诉你们
我的情人,我的爱人
我的姐妹,我的兄弟朋友
请不要生气
请原谅我的朝三暮四
请原谅我这股泛滥的爱流
如果,我现在不爱
一旦我把这小小的身躯弄丢
我已不在
我还拿什么去爱

相信

黑相信夜
雪相信白
风相信树
落叶相信尘埃
火焰相信木柴

我相信你
犹如孩子相信母亲
那暗影里的香
那春夜里的萌蘖
以及那腐朽尽头的死亡
还有那废墟上
一只雏鹰
那虎斑豹纹一样的翅膀

老去

时刻带着记忆
一遍遍地重复
做着自己
如演算一道枯燥的习题

真讨厌
你说,你这个被日月俘虏的家伙
你这张麻木虚胖的脸
你逐日老迈
昨日年轻于今日
今日智慧于往时
肉身下降,灵魂上升
你困苦于"现实"的孤岛
四顾茫茫
解救的帆影遥遥无期

除非你忘掉记忆
除非你不成为自己

你就会永生不死
但那是一座乌有的寓所
唯有死者住过

那不可能,那不可能
你徒劳地对抗
在绝望中昏昏欲睡

午马年正月晨起望天

时光散散漫漫
岁月匆匆忙忙
怀揣欢乐与悲怜
他望着灰茫的远天
早醒的启明星分不清
这张人群中相似的脸

唯有那风的利刃
掠过一个小小自我的心尖

午夜发呆
——写给自己

你熄灭这只灯
你拆毁这只钟
你独坐于粘稠的黑影
你闭上眼
投入自身这口井
倾听它的回声

这时,你应该问一问这个人
你为什么,你为什么
你不要急于回答
如果你内外如一
如果你的嘴不哄骗你的心
你就是自己
那你就说
这些话,至于人家知不知道
都无关紧要

因为,在你目及所至
有那么多的

山川、河流、植物、动物们活着
它们可曾问过,它们可曾问过
你偶尔问问自己
这也是一种有孕的劳作

醒来找梦

自昏沉、迷乱的睡梦中醒来
睁开眼
面前是灰白色真实的黎明
昨天的生活,昨日的一切
都已藏匿得无影无形
好像被夜晚那块巨大的黑海绵吸食干净

窗外
一群麻雀们的叫声
搅扰了我
我知道,我该起身了
我往返于这日夜的交替中已久
却再也推不开
那扇童年的门

元素之歌

你看我
时而头颈低垂
时而振臂高歌

在我的体内
扭结着两种东西
一种是北极的厌倦之冰
一种是赤道的热烈之火
两种东西同为一体
两种东西日夜对垒
犹如一架天秤的两端
起起落落

世界的两极安放大地
日夜的两极安放身体
就这样,才有了大地上的夏雨冬雪
就这样,才有了小小人的喜怒哀乐

信

那朵蓝天里的云
是那么地白
白得不沾一丝灰尘
白得使人不再伤心
那是天国的母亲
写给世上孤儿的信

醉后

醉是美,美是醉
醉后
只想虚构出一首装满缺憾的诗
交锋高处那永恒的虚无
因为这世界有太多的黑嘴唇
来啜尽我们的眷恋与哀愁

这时间

蚂蚁在爬
老鹰在飞
土拨鼠在打洞
雪豹在把黄羊穷追
阳光下
一个老头酣睡
口水长长
拖着蜜

这一个,另一个

你
所有的书,所有的世界
所有那浩瀚无边的思想
都是我的亲人
都是我的精神父亲
但你们都不是我
我所有的阅读
所有的沉思
所有的写作
是为了解除祖传的绳索
成为另一个我

中秋月

头顶的月亮安详饱满
是如此好看
更像一张智慧慈悲的脸

在这样的夜晚
我走出自己
在她那梦幻的宫殿里游玩
直到她隐没西天

我将再次回到
这幽暗的皮囊
在人生的迷局里
不知所向

有只鸟

它在黎明的枝头上叫
有只鸟

我打开窗户,它已飞跑
这只鸟,它为何而叫
是在呼唤友谊
还是在把爱情和真理寻找
没人明白

在我的心中
也有一只鸟
它在清晨叫
它在黄昏叫
它在夜半叫
它也在梦中叫

我的黑眼睛,我的白眼睛
你可知道,你可知道

碎句与短章, 我的歌

1

时光从我开始
大海漂流
我把永恒叙述

2

心灵中的黑
唯有诗歌的闪电
才能驱赶
诗歌,我的众神之鞭!

3

思想的泉眼涌动
竟如这夏夜的繁星
星星,星星

我移动的小命
竟有一方辽阔的星空。

4

众星闪耀的秋天
就像缀满果子的树巅
提着空空的篮子
梦想之手伸出
我将无休无止地开始

5

躲在阴影下的死亡
时刻都把我窥探
阳光明亮
我心中藏着一个寂静的春天

6

时间是天空
我是流星
日子是水
我是浪

7

我活着
我不仅活着我的命
我活着母亲的命
孩子的命
一条黄狗的命
一棵杨树的命
一只蝴蝶的命
一根小草的命
一块石头的命
他们不能说出的话
我可代言

8

大地,母亲
太阳是我悲伤的印章
我把它踏进天空的胸膛

9

我是太阳馈送的一把利剑
把它刺向永恒
那黑暗之眼

10

每一个先我而来的人
都是我的父亲、母亲
每一个后我而来的人
都是我的儿子和女儿
每一个同我而来的人
都是我的兄弟与姐妹
甚至风,甚至云
都是亲人

11

在大地和那些朴素的事物面前
我卑微的腰身随时都会弯下
弯下腰身
向一只蚂蚁学习谦卑
向一颗石子学习隐忍
向一块泥土学习坦诚
向一头毛驴学习善良
向一朵白云学习纯净
向一朵雨云学习给予
向一只雄鹰学习高贵

慈悲的恩典

"善恶之上
是蓝蓝的天空"

在这无限的澄蓝中
我看到了多种力量:广博、纯粹、沉静、生机和永远
以及那慈悲的恩典

我还相信灵魂存在
它就在我们的头顶,在天上

九行歌

我曾在世上长久地逗留
与各色人等共度寒暑
又曾钻冰取火探寻过生命的真意
到头来,也会如那无数的众人一样
被死亡的罡风彻吹得无有影踪

即便如是,仍不枉为人一回
因为我,的确畅饮过生活之杯
无论是美酒还是苦水
亦都双手捧起,深深迷醉